어제부터
종일
비가 내리니

어제부터 종일 비가 내리니

초판 1쇄 인쇄일 2024년 10월 25일
초판 1쇄 발행일 2024년 11월 5일

지은이 신현철
펴낸이 양옥매
디자인 표지혜 송다희
마케팅 송용호
교   정 조준경

펴낸곳 도서출판 책과나무
출판등록 제2012-000376
주소 서울특별시 마포구 방울내로 79 이노빌딩 302호
대표전화 02.372.1537   **팩스** 02.372.1538
이메일 booknamu2007@naver.com
홈페이지 www.booknamu.com
ISBN 979-11-6752-538-3 (03800)

어제부터
종일
비가 내리니

신현철 시집

시인의 말

몇 년 동안 묵힌 원고는 한 자만큼 쌓여 있고
원고에 켜켜이 쌓인 먼지도 꽤 되련만
계획하지 못하고 튀어나온 말들이기에
해치우지 못하고 밀어 둔 결과이다.

훑어보면 시라고 쓴 것들은
가슴 아프거나 안타깝거나
슬픈 언어들이 더 많을 듯하다.

여자라서 주어진 슬픔,
아버지라서 강요된 슬픔,
엄마여서 따라붙은 슬픔,
인간이라서 한계 지워진 슬픔,
살아가는 존재로서의
어쩔 수 없는 슬픔이 세상에 가득하다.

박혀 있는 그 슬픔을 어루만지고 다독여서

아름다운 결정으로 빚어냄이

할 수 있는 최대치일 것이다.

여기 슬픔과 울음, 간혹 미소를 내보인다.

시는 어차피 울음이므로,

시는 어차피 기도이므로.

2024년 10월

신현철 無知也

차례

1부

필 것은 피고,
고로 꽃은 필 것이니

선운사 설렘의 봄

온 땅이 햇살을 받으면
하늘과 취록의 땅이 맞붙은 경계에서
아른거리는 모호한 형상이 일어서고
나도 모르게 그 절정을 그리워하고

봄을 위하여 그의 부활을 기대하듯
그렇다고 아프지 않으려 하지 말고
차라리 그 아픔 받고 더 아파도 되니

님을 찾는 봄의 사람들은, 그래요
이른 봄 동백꽃 피거들랑, 그리해요
길 떠나 선운사에 다녀오세요
들뜬 마음 숨길 까닭도 없으니

오얏꽃 피다

단 내음 섞인 햇살이 어지러워
나비의 희롱에 꽃망울이 간지러워
언제 열릴까 오가며 봐도 그대로
모르는 한밤 사이 하얗게 벌렸다
속살 드러나도 천하지 않은 교태

시샘 바람마저 가지 흔들고 지나면
달큰한 오얏꽃 유혹 번져나는 새벽
보슬비 살짝 흩던 때이기도 하고
수수한 소통이 아름다운 자태로
삼월의 유혹에 얼떨결에 피었다

냉랭한 소소리바람에 몸살 앓더니
때리는 찬 빗방울에 버티기 어려웠나
지난밤 빗줄기에 흰 꽃잎 많이 떨어졌고
오얏나무 가슴에 자주색 멍이 진하다
울타리 옆 오얏나무 오얏꽃 피었었다

봄 느낌

비가 내려 건드린 땅이 꿈틀거리는지
예민해진 발바닥을 간질대는 느낌
비봉산 너도바람꽃 싹이 올망거리고
은골 산제당* 아래 관산리 좁은 벌판
작은은골지** 따라 선 밭은 분명히 초록빛
관산리 은골 종점을 타고 오를 터이니
산자락 마을에 화르르 꽃불 날 거다

오랜만에 만나는 봄은 느리게 걸어오고
느릿한 얼굴은 애가 탈 필요 있겠냐 하고
미뤄 놓은 봄의 달달함을 마무리 지으려
사랑을 만날 것을 봄은 알고 있다던데
눈이 부시게 불현듯 찾아올 서러운 불꽃
새 사랑 시작하는 법은 육체를 벗는 것
오래 부대꼈던, 그래서 설렘 없는 부부가
다시 프러포즈하는 고마운 약속처럼
봄 기억은 가슴 아린 추억이 되어 읽힌다

단조로운 노년의 하루가 꽉 찬 말로 짜여

조마조마 가슴이 설렘에 움찔거릴 봄

마음이 스르르 흐르고 생각이 얌전하다

21. 3. 22.

*   은골 산제당: 비봉면 관산리 은골의 뒷산(비봉면 관산리 산
    4-1) 중턱에 있는 제당. 매년 산신제를 지낸다.

** 작은은골지: 관산리 268번지에 있는 작은 저수지. 북쪽으로
    큰은골지가 있다.

봄이 되는 절차

눈 녹고 새싹 돋은 날이 수십 번 되었어라
바람결이 풀어놓은 시작의 태동에 녹는 땅
봄을 또 본다는 행운을 반기어 맞으리니

우산 삼불상* 냉기가 맴돌던 숨은 바위에
거기 설렘마저 얼어붙었던 겨울이 지나면
얼었던 땅을 다독이고 찬 바람을 보듬어
들뜬 하늘에 시린 마음이 차근히 녹는다

아직 서늘한 가랑비에 산이 몽땅 젖어도
그래도 봄을 부르는 비에 몽땅 씻겨 내려
움츠린 그리움을 씻어 벗는 봄이 되려나
겨울비인지 봄비 뒤에 무지개 한술 떠서
구석구석 뿌려 놓으면 그때가 봄일 것이다

24. 4. 3.

사랑하는 사람이 있어서 그리운 것이니
사랑할 사람이 없으면 그립지 않을 것
그래도 그리워하고 바람에 흔들리고
찬비에 젖으며 한 송이 꽃이 피더라

하늘의 석양이 불그레 꽃물을 토해 내고
나비처럼 앉는 연둣잎 싹눈이 꼬물대고
생기 번지는 꿈을 꾼다, 노랗게, 파랗게
바람으로 번지는 연분홍빛 꽃 또아리

* 우산 삼불상: 석조여래삼존입상. 보물 제197호. 읍내리 1구
  에 있었으나 1961년 용암사 경내로 옮겼다가, 1981년 정면 3
  칸 측면 2칸의 전각을 짓고 모셨다.

안개비

록펑리 하늘이 울어 앉는 안개 때

종일 울먹대려나 아침빛은 물러 있고

함석지붕에 듣다 말다 물방울 몇 개

빈 빨랫줄 채우려 몇 알 널었다

마음이 우니 비가 내린다

할머니 납골당의 봄

할머니가 담기신 단지를 들고 왔다
둔덕에는 아직 마른 잔디가 덮여 있는데
듬성듬성 콩알만 한 노란 꽃이 박혀 있다
참새가 겁 없이 돌무더기 위에서 호기롭고
간혹 스치는 바람이 부드럽다

아직 말라 보이는 나뭇가지
여기저기 틈에는 연노란 순이 꼼지락거리고
비탈길 따라 설렁설렁 지나가는 촌로의 자전거 뒤에
한 말가웃 비료 포대가 달랑거리고 있다

작년 이맘때 할머니가 맸던 납골당 옆 밭이랑은
마른 풀이 그대로인데
할머니가 보시면 안달 나셨겠다

늙은 소년의 봄

봄이 오면 어김없이 시침처럼 다가오는 신기루
온 땅은 마디마다 기적으로 채우고 돋아나려니
돌개바람이 괜히 감아 도는 희롱이 어색하지만
바람이 나비춤 장난치면 이미 그 봄은 온 거다

삶은 의미 없는 본능의 반복으로 지루하다지만
봄은 만성의 시간에 얻어진 무감각을 깨뜨리고
거역하는 분수처럼 젊은 반항이 공간에 퍼지고
아우성치며 물밀 듯 오는 새싹과 새순과 봄비와
몸과 마음을 열고 느껴지는 그대로 껴안으리다

자연이 스스로 지키는 윤회가 말하는 인연이니
여린 꽃비의 유혹에 발길 붙들려 선 채로 굳어
햇살을 받아 반짝이는 과거의 잔상이 눈부시다
봄이 오면 사랑을 꿈꾸자고 강요하는 시절이다

햇빛 눈부신 창가에 기댄 늙은 소년의 옛 기억
봄이 그리운 것은 잊은 것이 아니고 숨겨 둔 것
마음 한편에 숨겨 두었던 옛 기억이 돋는 데자뷔*
노란 원피스의 소녀와 꽃비 내리는 길 걷던 꿈

볕을 만난 흙에서 낯선 듯 익숙한 향기가 나면
지나고 나면 아쉬움으로 남을 마음의 사치이니
봄볕 속에서 늙은 소년은 옛 기억을 걷고 싶다

22. 4. 11.

* 데자뷔: 처음 해 보는 일이나 처음 보는 대상, 장소 따위가 경
  험했던 것처럼 낯설게 느껴지지 않는 현상.

봄 타는 남자

까치내길 벚꽃 아래 앉아
하얀 이 다 드러나도록
크게 웃는 그녀에게 미소 짓는
저 남자가 나였으면 좋겠네

지천에 꽃잎 비 내리듯 그럴 때
콩콩 상큼한 그녀가 걸어가면
사랑스레 바라보며 따라가는
저 남자가 나였으면 좋겠네

마지막 벚꽃잎이 떨어질 때
하얗고 가는 손에 그 꽃잎 얹고
눈물 어린 눈으로 바라보는
그 꽃잎이 나였으면 좋겠네

꽃잎이 쓸려 나간 까치내길*

떨어지는 꽃잎이 안타까워

그녀의 눈에 눈물이 흐르면

그 눈물이 나였으면 좋겠네

21. 4. 19.

---

* 까치내길: '까치내로'이며 장평119지역대에서 낙지터널을 통
  과해 지천을 지나 주정삼거리까지 이르는 도로로 봄마다 길
  옆의 벚꽃이 아주 아름답다. 한국의 아름다운 길로 선정된
  곳이다.

무한천 엘레지

봄날이 되면 봉인이 스르르 풀리니
찬란한 햇살 속 꿈꾸듯 펼친 벚꽃 잎
공간을 채운 알싸한 아쉬움의 향기
연한 기억에 담긴 모습이 쏟아진다

필 것은 피고, 고로 꽃은 필 것이니
하루 온전히 꽃망울을 터트리고
꽃이 열리고 바람이 하늘거리면
누구나 가슴에 하나씩 품은 기억
빛이 부드러워지면 님과 마주 선다

꽃비가 함박눈처럼 내리는 날
무한천 너머 어딘가 이야기 꺼낸다
4월 벚꽃과 기억이 닮아 있어
화려한 눈물이 되어 흐를 때쯤
그때 손수건에 밴 꽃잎물이 진해진다

비가 오면 벚꽃은 떠나간다고
아무렇지도 않은 척 미소를 덮어도
준비되지 않았으니 조금 더 있다 가시길
떠나보내는 누군가는 서글퍼 보이니

21. 4. 26.

윤사월의 밤

까치내* 벚꽃비가 흩날리던 날이 엊그젠데
오늘 밤 봄꽃들이 소스라칠 뇌우가 오려나
뭔가 극복해야 한다고 요구받는 밤

꽃이 빗물에 씻겨 향기는 땅으로 흐르고
녹아든 벌의 날갯짓에 서늘한 바람 한 줄

6월 1일 윤사월 열흘날
공룡이 사는 맨삽지** 바다로 가려면
상처 입은 꽃잎을 강물에 띄워야 한다

꽃잎이 바다에 다다르면 잠들지 못하고
빛나는 별을 찾아 하늘을 살피지만
빛나는 별은 사실 죽어 가는 별이었다
별은 죽어 갈 때 가장 아름답게 빛난다

윤사월의 밤, 꽃잎이 허공에 흐른다

* 까치내: 까치내는 작천(까치 작鵲 내 천川)으로 칠갑산에서
  발원하여 흐르는 지천의 한 줄기.

** 맨삽지: 보령시 천북면 학성리 산45번지 일원. 주변에 공룡
  발자국 화석이 다량 있다.

장날 호두 할머니

맞아도 흔적이 남지 않는 부슬비
그렇게 발소리 조심스럽지 않아도
문 앞에서 서성이지 않아도 되는데

청양 5일장* 장터 끝 작은 좌판에
미국에서 온 호두를 파는 할머니
"미제여!"
얼굴에는 자랑스러움 언뜻 스치고
삼베 리본, 그날 가슴에 덜렁거렸다
부슬비 내리던 장날 본 뒤
자리가 비었다, 지지난 장 뒤로
부슬비가 자꾸 부서지던 윤달 말에

잃은 길을 찾다 지쳐 버린 님처럼

바람처럼 떠날 수 있는 삶이라

늘 오늘 태어났다 여기라 하더니

오늘 하루가 생의 전부라면

오늘 죽는 거겠지, 준비도 없이

"오늘 죽는다고 생각하며 살어"

지금은 아니라고 손사랫짓해 보아도

아린 미련이 부슬비에 숨어 내린다

21. 3. 8.

* 청양 5일장: 청양읍 읍내리의 청양장이 2일과 7일에 열린다.
  5일장은 단순한 경제활동뿐만 아니라 민의의 교류와 집결의
  역할도 하였다. 청양 지역의 일제에 항거한 만세운동 등에도
  5일장의 역할이 컸다.

지천* 상념

겨울 지나도 잔설을 떠올리면
다시 볼 작별을 가끔 기대하며
옆을 보지 못한 것을 후회한다
이별은 시작의 다른 이름으로 돌아
새 인연이 시작될 거라는 유혹에
기다리며 위로받은 순간을 저장한다
또다시 와야 한다는 명분을 만들고

창가에 내려앉은 3월 토요일 오후
어느 하나 더할 것 없는 날이고
어느 하나 뺄 것 없는 날이니
살아온 기적이 살아갈 기적이 된다
모든 나이는 아름다울 것이어서
지금이 가장 아름다운 그대일 것
꽃무늬 원피스가 그대에게 어울린다
그 여인이 눈물을 읽고 있으니
어떤 행인이 보다가 말을 건넨다
떠난 인연은 서럽지 않았으리라고

무심히 흐르는 지천의 속을 보니

이별은 생각보다 오래간다는 생각

흐르는 지천은 뭔 말에도 묵묵하다

21. 3. 29.

* 지천: 강의 본류에서 갈라진 개천을 말하나 지명으로서
  지천은 경북 상주군과 청양군에 있다.

도림로 지는 봄

누가 울어도 이상하지 않은 짙은 안개의 날
시간 속을 천천히 걸어 마재고개* 넘는 안개
오나가나 고개 밑 벚꽃나무 저 혼자 부푼다

꽃이 피든 꽃이 지든지 당연한 사정이라고
지면 또 다른 사랑이 올 거라고 외면했었지

바람에 흔들리고 원망하다가 그리워하다가
찬비를 흠씬 두들겨 맞고서야 꽃이 피더라
결국은 꽃잎을 잃어야 작은 씨앗을 얻나니
풀지 못한 그리움을 싸맨 미련일 것이라지

서서히 몸을 일으키는 햇살이 분주한 사월
누구에게는 찬란하고 힘찬 봄이 될 것이고
누구에겐 무뎌지지 않는 날 선 봄이 되지만
찬란한 아픔의 봄이 오려는 까닭이 있겠지

그냥 봄이라고 말하고 입 다물면 될 것을
바쁜 척 먼 산 치보며 빈 화분에 물 주고
그냥 외롭다 한마디면 세월 녹아내릴 것을
공연히 바람은 언덕에 올라 휘파람을 분다

바쁜 봄이 가뭇한 구름처럼 고개 넘겠다고
그렇게 아픈 봄에도 기어이 벚꽃 피는 것
정돈하지 못하는 봄은 항상 수선스럽다

24. 4. 24.

---

* 마재고개: 충남 청양군 장평면 지천리와 적곡리를 넘나들었
  던 고갯길. 지금은 마재터널로 오가고 있으며 터널 서쪽에 전
  국적으로 유명한 나선형다리가 있다.

벚꽃 지는 시기

한 송이 또 한 송이, 꽃송이 별꽃 놀이
한 잎 또 한 잎, 저기 몇 잎 눈꽃 놀이
먹 하늘, 젖은 땅, 가슴속에 눈 내린다

하늘대고 흐르고 나뒹구는 연분홍 설움
눈물 얽히는 날 묻어나는 그의 실루엣
살짝 비치는 모습이 문득 "아! 그이다."

빗줄기 거스르는 행인은 걸음을 멈추고
행인의 시선은 샹그릴라를 찾는 것일까
벚꽃의 눈물은 끈적한 집착 "아! 그때."

가슴속에 눈 오면 이 땅에도 내린다고
벚꽃잎 바닥에 누운 도림로* 아홉 모퉁이
빗방울 사정없이 벚꽃잎 나신을 때린다

낙화가 서러움은 순수의 스러짐이어서
욕망의 원숙함 이전에 떠나가는 것이니
가치는 순교라고 불릴 스러짐이기 때문

순수의 시듦은 욕정에 물들지 않음이다
연분홍 벚꽃은 오염되지 않은 영혼이다
올해 또 한 번 여린 사랑 품고 떠난다

2024. 5. 1.

---

* 도림로: 충남 청양군 청남면 지곡리에서 청양군 장평면 지천
  리에 이르는 약 10㎞ 정도 길이의 도로. 도로 양변에 수령 수
  십 년 이상의 벚나무가 왕성하여 봄에 벚꽃이 장관을 이룬다.

가슴 아림 5

항상 거기 있을 것 같았던 망초꽃이었는데
때가 되어 시든다고 슬퍼하지 말아요
때가 되면 다시 피니 서러워 말아요

나도 이젠 시들어 버린 꽃 같다 하시니
언젠간 다시 필 것을 최면으로 두르고자
때가 되면 다시 피니, 때가 되면 다시 피니

눈이 부은 날이면 그때마다 찾아오는 기억
너 정도는 괜찮은 거지라는 말에 더 서럽고
따가운 햇빛에 빛을 잃은 낮달처럼 상심해
차마 나 좀 보소 말하지 못하고
눈치 보여서 핀 꽃 다시 가슴에 담습니다

그래요, 산다는 것은 한구석 그리움을 털어 내는 것
잠든 세상 너머로 가을비 같은 눈물을 쏟아 내는 것
실컷 울고 잊자는 가을 노래처럼 울음 참기 하는 것

갈망골 노을녘

발자국 혹시 들으려
애써 꽃잎 펼친 쇠별꽃
어둠 보채는 귀뚜리 소리에
행여 님 발자국 소리인가
갈망골 깊은 구석에
이름 낯선 꽃이 되어
원망을 서럽게 피우는
외로운 무언의 노을 녘

홍매화의 봄

향교* 뒷길에 선 홍매화꽃에
그대를 그리워할 수 있음이라
올봄도 서러워할 수 있음이라

봄마다 뜨거운 홍매화꽃에는
닳아 가는 그대의 미소를 안고
다시 애달파할 수 있음이어라

가야겠다는 말에 다쳐 흐른 피
하얀 당신 셔츠에 떨어져 앉던
빨간 꽃잎이 마치 핏방울처럼
올해도 봄이 오니 진해집니다

먼저 가서 기다린다 하신 말씀

봄에는 다시 귓가에 들리오니

올봄도 바람결에 따라 오소서

봄이 옵니다 예, 봄이 옵니다

24. 4. 10.

* 향교(청양 향교): 청양군 청양읍 교월리에 있는 향교. 정확한
  설립 연대는 미상.

정혜사*의 한

짓밟힌 정혜사 절터 구석에 혜월 부도
지난 세월의 껍질을 켜켜이 안고 있다
묵묵한 그가 가고 있는 곳은 어디일까
이 길에 당신을 던진 듯, 던지어진 듯
길에 선 것이라면 어디로 가는 것인가
달같이 무덤덤한 표정으로 망설이는가

임란, 왜군 칼에 베이고 불탄 고통도
한일병탄 일군의 총포에 온몸이 타도
무엇을 그리 절실하게 찾은 것일는지
탑 하나 남기지 못하고 빼앗긴 터전에
잘하셨다 찾아 주는 사람 없는 지경인데
이리 황량할 바에는 휘어 가길 그랬소

그러나 의미란 짧은 생만이 아닌 것
절멸의 터에서 살아나는 의미를 보고
가려고 했던 길을 찾는 것이 신의 길
지나쳐 온 세월의 무게가 탑과 한가지
그래서 절터 가운데 새 탑을 세운다
땅에 세우든, 몇 안 되는 가슴에 들든
결국 아름다움과 선함은 같은 것이니
정혜사의 고통은 아름답고 선한 것이라

24. 4. 10.

* 정혜사: 칠갑산 남쪽 기슭에 있는 절로, 신라 문성왕 3년(841)
  에 혜조국사가 지었다. 이후, 임진왜란 당시 의병들의 집결지
  였다가 왜군의 습격으로 전각이 모두 불타고, 1907년 일제의
  대한제국 군대 해산으로 촉발된 의병운동의 의병 집결지였는
  데 일본군의 공격으로 모두 소실되었다가 1908년 월파 스님이
  다시 지었다.

살다 보면

살다 보면, 사람이 살다 보면
두 번의 사산, 세 번의 이별이 아파도
삶에서 견딜 수 없는 고통은 없다고
다만 견딜 수 없는 순간만이 있을 뿐
보내지 말 것을 떠나보낼 때가 있고
물 한 방울 들이지 못할 때도 있어

그러나 살다 보면 그럴 수도 있지
상처받아 피 흘리기도 하겠지만
영혼의 눈물로 치유될 것이니
아픈 몸을 견디고 살아가다 보면
그저 살다 보면 눈물은 마를 것이야

혼자 있다면 슬퍼할 일 없겠지만
있는 것을 누구도 모르는 섬처럼
존재를 증명할 수 없을 것이니
채워 가며 비어 감을 알게 되면서
같이 아프며 살 수밖에 없는 것이야

너도 해 봐, 눈을 감고 중얼거려 봐
있는 그대로, 흘러가는 대로 따라서
사소한 것에 투정 부리지 않고
생각을 좀 더 놓아주고 내버려 두면
그러면 산다는 것을 알게 될 것이야
저절로 알게 될 것이야

21. 3. 15.

바뀌는 계절

오늘 비는 그리움인가 서러움인가 안개로 오고
아직 다 열리지 않은 하늘에는 봄의 속살거림
새 잎새 연둣빛 품고 꽃망울이 울컥 터져나려고
산자락 길게 걸린 박새의 울음이 가시지 않는다

태고의 언어가 산통에 흐느끼면 꽃망울도 떨고
연둣빛 꿈 부풀어 오른 대지는 출산이 시작되고
바람이 뱅뱅뱅 히히덕대다가 허기져 잠잠해지니
마른 땅은 추억의 소환을 거부하다 입을 다물고
이 계절 출산의 산고에 흰 옷자락 눈물이 배고
결국 애써 아무도 모르는 밤에 은근히 출산한다

새 태동이 어지러운 근원을 찾지만 알 수 없고
꿈속에 가끔 들어오는 당신을 봐야 알아차린다
아이 업고 아리고개* 넘다 아기를 살피는 모습
곤히 잠이 든 아기를 보는 눈길은 애련이 깊고
만일 당신이 아프다면 누군가 사랑하는 것이니
사랑이 있음은 의미를 가진 그가 있는 것이라

의미의 존재를 가슴에 별로 한 점씩 그리리니
나뭇가지 사이에 비워 둔 노래를 다시 찾을 것
동토를 견디고 기어이 싹을 내밀어 줄 것이니
차가운 얼음바람 견디고 견디어 오늘이더이다
아픔을 품고 같이 울림을 찾는 화음이더이다

2024. 5. 8.

* 아리고개: 청양읍 학당리에서 북쪽으로 통하는 교통로에 있
  는 고개. 이 고개는 예산, 홍성 방향으로, 부여 방향으로 오
  가는 고대부터의 중요한 교통로이다. 뱃길로 옛날부터 서산,
  당진 등으로 문물이 유입되어 백제, 신라 등으로 이동했던 통
  로의 중요 지점.

잉화달천*

잉화달천 흐르는 물에 향기가 있는지
순간 부는 바람은 꿈을 품었다 하니
달빛을 품은 달천은 우주의 흐름이라

누리를 향한 마음은 시공을 넘는 것이니
묵었던 하늘과 대지는 결박을 풀어 버리고
지금부터 영원히 흐를 포용의 선율 퉁겨
잉화달천에 보랏빛 안개가 안아 물든다

빛 담은 하늘 향한 구애의 기도가 흐르면
잉화달천의 사랑을 노래하는 밤 별 뜨면
영원한 존재, 빛나는 존재를 읊는 울림이
마음속에 피어나는 꽃으로 몽우리를 여니
그 꽃은 모든 것을 넘어 빛나는 존재여라

달빛 섞어 엮은 기억의 타래가 흘러
우주의 마법이 그려진 벽화를 껴안고
잉화의 꽃잎이 달천 따라 흐르다가
가슴속에서 피어나는 꽃처럼 핀다면
사랑의 꿈을 안고 정인의 손을 잡고
간지러운 숨소리에 심장은 톨톨 뛰고
잉화달천 은밀한 곳 두 나무 합쳐지니

사랑의 빛과 가난한 영혼이 여기 만나고
사랑이 빛나고 행복을 찾는 숨은 땅이라
마음에 자근자근 우담바라 피어나는 곳
신의 사랑은 축복으로 네게 돌아오리니

잉화달천의 시원은 태초의 진리를 담고
숨결 따라 하나 된 운명, 영원한 연결
잉화달천은 사랑의 비밀스런 신전이라
마법의 물은 신비한 땅을 흘러가려니
사랑은 시간을 넘어 우리와 함께하리다

그의 마음이 너에게 닿아 가는 곳이려니
사랑과 흐름, 그리고 영원한 연결이라고
잉화달천에 빛과 사랑의 기적 몽글지고
사랑은 저리 흐르고 꿈은 계속되리다
잉화의 분홍 날개 가득 흐르는 밤이외다

아! 사랑아, 동동, 아! 내 님아 둥둥둥

23. 6. 14.

---

* 잉화달천: 청양군 정산면 마치2리 마을회관 위와 마치1리 마을회관 옆의 양 갈래에서 발원하여 천장호에서 두 줄기가 모여들고, 신덕리, 지곡리를 지나 청남면 중산리에서 금강과 합류하는 하천.

2부

멈춰 선 하루가
빈 무덤처럼 앉아 있다

무한천 초여름 비

.

비가 제법 많이 내리고 있는 무한천에
화려한 풍경 뒤로 때 벗기는 초여름 비
비는 무한천 봄이 예전에 지났다 하고
앞산은 창문에서 더 또렷이 보인다 하고

생각에 잠긴 밤, 나 혼자인 것 같은 날
빛나는 것을 찾아 뛰어다니던 때의 기억
이젠 하늘 올려보며 작은 울림을 청하면
세월을 외면한 작은 기억이 드러납니다

그때 비 맞으며 떠난 님 엊그제였는데
초여름 비 맞으며 촉촉이 님이 오시니
그때 그날 뒷모습 보며 그리 울었는데
오늘 이 순간 사랑이 시려워 우옵니다

초여름 비로 돌아온 님이 날 울게 하니
빗물은 무한천 따라 바다로 갈 것이니
삶의 무게에 고달픈 몸과 마음을 벗고
고운 자태 입가에 미소를 짓게 하소서

어김없이 계절의 시간 내내 비 내리고
신록에 때론 보슬 눈물, 때론 굵은 눈물
목마르던 씨앗에 눈물 맞은 달콤하리니
고운 몸짓으로 작은 마음 적시게 하소서

23. 6. 21.

꽃이 떨어지면 1

바람이 불어 꽃이 떨어져도
그대 나를 보며 울지 말아요
나는 잠들어 깨지 않는 것뿐
꿈속을 거니는 것뿐입니다

상한 언어들이 쌓인 세상을 떠나
열두가람*에 돋는 싱그러운 싹들
싹을 쓰다듬는 바람의 결이 되어
꿈결 같은 천 갈래 바람이 되어
낮은 하늘을 날고 있으려 해요

눈감은 뒤 무한천을 따라 흐르면
그대를 닮은 꽃잎 살짝 띄우리니
눈감은 뒤 담안뜸** 바람이 되면
그대 뺨을 살랑 어루만지리니
눈감은 뒤 천태산*** 노을이 되면
그대를 품고 토닥 잠재우려니

그대 곁에서 내내 보고 있으며

모든 밤을 밤새 당신 옆에서

달콤한 노래를 조용히 부를게요

21. 9. 20.

* 열두가람: 청양군 비봉면 사점리와 록평리에 걸친 비옥한 평
  야 주변 12 동네와 논밭.

** 담안뜸: 옛날 청양군 비봉면 록평1리 농협 하나로마트 주변
   에 몇 집이 강촌천의 범람을 막고자 담으로 둘러쌌는데, 담
   안의 마을이란 뜻으로 '담안뜸'으로 부른다.

*** 천태산: 비봉면에서 서쪽 무한천 건너 홍성군 장곡면에 고
    도 261.8m 솟은 산.

늙은 아버지

늙은 아버지라는 이름의 상처가 아파
세상에 잠시 내려놓은 마음자락 거둬
무한천 징검다리에 툭 놓고 가자 하니
흐르지 못한 그리움은 가슴 한 켠*에 길을 낸다

* 한 켠: '한편'이 표준어이나 시적 감성을 위해 이 시에서는 '한
  켠'으로 쓴다.

어제부터 종일 비가 내리니

까치알미 들판에 비 오는 까닭은
떠난 님이 빗방울 되어 내리니
던져 두었던 쓰린 추억의 조각이
오늘처럼 비 내리는 날 펄럭이면
남의 것이 되어 버린 줄 알았는데

그리움은 비에 스미어 몰래 드니
비 올 때마다 가슴에 분탕질 치고
점점 무거워서 몸살이 난다

언제나 내리는 비에도 태연해질까
숨어 있던 원망의 찌꺼기 씻긴 뒤
빈 들의 허수아비 되어 내걸리면
몽달비에 씻겨 뭉텅뭉텅할 거나

어제부터 종일 비가 내리니

소나기 날의 기억

늦은 아침 취록*의 대지가 손을 흔들면
하늘에서 얇게 단련된 햇살이 쏟아지다
사랑은 한 줄 바람의 존재로도 기억하고
헤어나기 힘든 이별의 순간에 집착하고
원치 않아도 찾아와서 마음을 헤집고는
바람은 뭐가 그리 서러워 팽이처럼 돌다

후드득 위에서 아래로 부리나케 쏟아지니
안골** 논에 담긴 하늘로 우르르 쏟아진 걸음
투두둑 투두둑 혜성같이 뚝뚝 떨어지다
문득 소나기 난장에 주저 없이 뛰어들까
소나기가 달궈진 안골 흙길을 땅땅 두드리면
덩달아 심장도 따라 빠르게 뛰기 시작하다
비가 몰고 온 서늘한 바람이 살갗을 스치다

삶에 비가 내리면 금방 해가 뜨지 않으니

안개 시집의 마지막 장에 꽃 한 잎 넣고

기억이 한 번으로 끝나지 못하는 그리운 날

그날의 연정을 주머니에 불룩하게 담았다가

여름 지나가는 안골 길 따라 한 줌씩 내려놓다

22. 8. 22.

* 취록: 翠綠. 짙은 풀의 색깔과 같은 색.

** 안골: 청양군 비봉면 사점리에 안쪽으로 들어간 작은 골짜기.

정혜사* 소나기

소나기가 먼지 일던 길바닥을 두드리면
풍경은 점점 가라앉고 대신 심장이 뛴다
가슴에 묻어 둔 그리움이 이때 돋아나고
초여름 비가 말없이 가슴속에 젖어든다
들춰내지 못한 오래 묵은 잔 기억들을
오늘 몽땅 끄집어내어 정리하려나 보다

비에 적막한 정혜사에 봄빛이 씻겨나고
가늘고 성긴 비에 젖은 찔레꽃이 처량하다
칠성각 처마의 낙수는 무심한 듯하지만
속으로는 연약한 사람의 정을 알고 있다
당신과 지나온 시간들이 모두 귀하다고
어떤 이별이든 필연이니 받아들이라 한다

잊지 않으려 가슴에 당신 이름을 새겼나
활자로 찍은 듯 질기게 남아 부르는 이름
기억이 다시 불씨가 되어 불을 지피고
꺼지지 않는 불꽃이 몸을 태울 듯 일고
한참 아파서 비틀대며 그만하라 애원한다
비를 흠뻑 맞고서야 가슴속을 잠재우다

22. 7. 4.

---

* 정혜사: 청양군 장평면 상지길 165-10, 칠갑산 남단에 있는
  사찰. 신라 제46대 문성왕 2년(AD 840)에 혜초국사가 창건하
  였다.

불현듯 회향

가끔 빙곳재* 언덕 청양성당 앞에 서서
굽은 골목길 볼 때면 새로 생기는 길
오랜 기억의 재탄생 불쑥 눈에 보이니
그리운 것은 왜 자꾸 부활하는 것일까
사라졌다고 생각했던 것들이 되살아나
되갈 수 없는 세월의 길에서 날 부를까
옛 골목의 입구에서 망설이며 서성이다
그러다 호기심에 문턱을 넘어 들어서서
어젯밤에 풍경을 보았던 창가에 앉았다

밤하늘 천둥소리가 갑자기 요란했는데
마른 비 먹구름 들이몰고 난리 났었지
덜 닫힌 문틈으로 요란히 새어든 바람
넘지 못하는 삶에 아낙네의 탄 속처럼
커피 잔 속에서 맴맴 도는 후회의 신음
별빛 반, 한숨 반 섞여 밤새 출렁였다

고요한 별빛을 기대한 밤하늘이었는데
그믐달이 땅의 역사만큼 성숙해 갈 때
땅거미 지는 느랭이** 긴 들판 난장처럼
어느 날의 설렘이 가물가물 기억나고
설렘의 추억 속에 눈을 기다리는 얼굴
거친 걸음 멈추고 땅에 엎드려 절한다

죄가 없는 그곳에 닿기를 기도드리니
그립다, 그 길, 그 얼굴이 아스름하고
님의 어린 사랑은 밤에 별로 반짝이니
당신이 원하던 침묵은 속삭임이 된다

23. 11. 29.

* 빙곳재: 청양군보건의료원에서 청양성당에 이르는 길 주변의
  골 마을을 이르는 지명. 조선 시대에 지천의 얼음을 저장하였
  다가 여름철에 썼던 목빙고가 있었다 하여 이 골짜기를 '빙현
  골', '빙곳재'로 불렀다.

** 느랭이: 밭이나 논이 폭이 좁지만 길게 이어진 지형이 층층이
  있는 모양.

빙곳재 장맛비

장맛비 들락거리는 7월에 그리운 사람이 있습니다
그를 얼른 보고 싶어 달려가 깨금발로 기다리는데
야속하게 마음만 건드리고 지나가는 사람이더이다

당신의 그림자는 이미 속에 스미어 자리 잡았기에
아프게 가슴속이 축축한 안개로 자욱한 날이어서
능소화꽃은 님 그리워 뚝뚝 눈물을 쏟아 내는군요

층층으로 쌓여 무거워진 그리움을 쏟아 낼 때까지
기억해야 할 이유가 있어 꽤 오랜 시간 다듬은 날
겨우내 묵힌 머릿결 잔잔히 빗어 내리듯 추적이고
소리마저 외롭다고 서툴게 뒤채는 빗물인가 보네요

들리나요? 꽃잎 떨어짐을 아파하던 당신의 기도가
당신 그리운 날이어서 낮에도 벼락같이 비가 오고
가슴에서 선홍빛 꽃이 펑펑 피어 붉은 꽃물 흘려요

우산 서편 산골은 빗물이 자꾸 흘러내리고 있다고
인연은 이미 이별을 조건으로 준 것이라 하는군요
그러나 내년까진 기다리라고 말해 주길 바랍니다
내년이 되고 칠월이 오면 그리운 당신도 오신다고
기별 오기 기도하는 빙곳재 칠월의 장맛비입니다

23. 7. 19.

새재* 할매

비가 게으른 놈 잠자기 좋게 온다고
까치알미 넘어 새재 넘어 슬그머니
툭툭 심사 건드리니 처박혀 있지 못해
할매는 그리움도 없는 줄 아는 겨?

님 마중 봄비 마중 살살 걸어가다
요 정자에 올라앉으면 경치가 좋지
먼저 간 영감은 말 한 자루 않았고
몸이 바싹 마르니 내가 업고 댕겼지

가기 전에 여날르진 못하고 저날랐어**
망태사랑***이 후불치레 한다 하더니
이태껏 고생했다 말 한마디 없더니
어찌어찌 살다 보니까 낙이 있더라고

나이 먹으니 눈빛이 사그러들더만
그래도 인제 그만 늙었으면 좋겠소
배춧잎 하나 쑥 뜯어 한 끼 때우고
그냥 살다가 닥치면 가면 되잖소

* 새재: 청양군 비봉면 록평리 1구에서 강정리 마을회관으로 이
  어지는 길. 보통 새재는 '문경새재', '지리산 새재' 같이 험한
  산세가 일반적이나 청양에는 비봉면에 록평리에서 강정리로
  넘어가는 길에, 고개도 아니고 경사가 거의 없는 산기슭에 '새
  재'란 이름이 있다.

** 여날르진 못하고 저날랐어: 남편을 머리에 이고 다니지는 못
  하고 지거나 업고 다녔다는 푸념.

*** 망태사랑: 망태는 새끼나 갈대를 엮어 물건을 나르기에 편
  하게 만든 기구로, 늙은 부부가 몸이 더 약한 한 사람이 다
  른 사람을 망태에 넣어 지고 다녔다는 옛날의 애절한 부부
  애를 말한다.

노을 5曲

물억새에 아롱한 노을이 내려앉았다
모시처럼 반투명한 록평리의 하늘
물기 없는 가을의 노래가 울리면
무한천 잔물결에 무지갯빛 무늬가 서럽다

해가 지고 있어서 내가 지고 있다

아무런 욕망도 지니지 않은 하늘에
속도를 잃은 시간 속에서 바람이 미는 대로
쓸쓸한 가을이 올 때 당신은 냉랭한 노을이 되어
쓸쓸한 저녁이 올 때 그리움은 설운 노을이 된다
그래서 가을에는 누구나 외로울 수 있다

해가 지고 있어 내가 지고 있다

살풀이

소복 입고 흰 무명 휘감고
은비녀 찔러 꽂은 곱게 쪽진 머리
반달버선코 외씨버선 가녀리고
청상 소복 풀매듭 여민 옷고름
살짝 기운 어깨엔 이승 세월 얹었다

가지런한 버선발 세월의 표정 서리고
힘든 발걸음 맺고 어르는 춤사위
시나위 울음 따라 까치걸음하다가
끝자락 허공에 날리우고
손끝에 한을 잡아 까만 밤 어우러지고
날 듯 너울대는 무명 자락 휘감아 돈다

평생 짐 지고 딛는 마디마다 미친 춤사위

매듭 터는 가슴속 묵힌 살 풀어 뿌린다

소리로 토해 놓은 절벽 앞에

뱃놈 설움이 검푸른 색으로 너울대고

치마 끝자락에 감아 도는 이승 진저리

딛고 디뎌 세상 끝 춤이 길로 선다

가락 없는 장단을 내리치고

뻘건 불덩이 치마폭에 쌌다가 온몸 태운다

억울한 몸부림에 현기증으로 쓰러지고

길게 눈물 자락 끌며 허공을 헤매 도는 소리

하늘을 끌어 담고 한 사위 빚어 한 줄 풀고

맺고 풀고 되돌아드는 몸집이 세운 길 따라

가슴은 이미 가야 할 곳으로 갔다

이승의 끝을 간 환상으로

흰 수건 짐짓 거닐다가 던져 살을 풀고

엎드려 공손히 들어 올린다

이제 살아 있음으로 하늘땅에 바람이 된다

홀로서기

록평리 하늘을 관통해 떨어지는 빗방울
마른 땅이 젖어들면서 들썩이는 흙냄새
그의 길에는 항상 비가 내렸다
그가 떠나는 날 소나기가 한참 내렸다
그날처럼 오늘도 비가 내렸다

사라진 사람에게는 아쉬움만 있어서
현실 속에 돌아보지 않았던 것에 대한 미련
잃어버리고 나서야 깨닫는 나는 어리석다

삶이란 스쳐 가는 그리움의 이어짐인데
애틋한 가슴에 묻어 둔 그리움 하나
문득 은골 골짜기 따라 바람이 불면
한 귀는 바람이 전해 주는 애절함을
한 귀로는 다독이는 속삭임을 듣는데
그러니 가슴에 묻은 그리움 하나 없다 할까

만약이란 말로 위로를 얻으려 하지 말고

슬퍼도 슬프지 않은 척하기

눈물이 흘러도 감추는 법 배우기

기다리기만 하고 그리워하지 않기

저미는 가슴의 감각을 무뎌지게 하기

가슴앓이로 배우는 홀로서기

그대를 사랑하였음은

내 그대를 사랑하였음은
달빛이 실처럼 흐르는 밤에
사점골* 함석지붕에 내려앉듯

내 그대를 그리워함은
안개가 엷게 내려앉는 새벽
엄마가 칭얼대는 아기 덮어 주듯

내 그대를 잊어버리지 못함은
차마 그대가 아름답다 말 못 하고
조바심에 말라 버린 입술 같으니

내 그대를 때도 없이 생각함은
가느다란 숨결을 내쉬고 들이쉬는
삶의 이유가 당신에게 있음이니

내 그대 생각에 눈물이 맺힘은

이유 없이 달빛이 애처로이 울 때

당신이 돌아보지도 않고 떠나셨기에

21. 6. 21.

* 사점골: 비봉면 소재지의 남쪽, 가남초교 지나 현대주유소 좌
  측 진입로로 들어가면 나타나는 동네. 옛날에 사기그릇을 파
  는 가게들이 있었다고 '사점'이라 불리었다.

록펑리 블루스

안개가 되어 안골에 가만히 웅크리고
먼발치 당신을 바라보다가 울컥하면
바람이 되어 황혼의 담안뜸 담을 넘어
계신 방 서쪽 창문에 잠시 머무르다가
당신 눈가에 눈물이 반짝 빛나는 순간
가슴 찌르는 아픔에 더 견디지 못하고
님아! 가슴 아린 아픔 대신 불러 봅니다

우두커니 망석중이* 몇 해를 서 있었는지
이젠 참새도 신경 쓰지 않는 헛물이 되어
침묵의 새벽안개와 울 것 같은 노을 안에
임의 얼굴 자꾸 어른대는 것이 신경 쓰여
아무도 관심 없는데 나만 초조한 것인지
님아! 불안한 심사에 자꾸 부르게 됩니다

보고픈 만큼 쫓아가서 실컷 보고 싶은데

과민하다며 냉정하게 얼굴을 돌리실까 봐

불안한 심사 꼭 누르며 애써 고개 저어도

냉랭하게 외면하던 지난 모습이 떠올라서

당신 앞에 서는 것은 생각도 못 하겠네요

뜸치** 구석에 쪼그리고 당신 모습 그립니다

님아! 미소 띠소서, 내가 행복할 것이니

22. 8. 29.

* 망석중이: 사월초파일 망석중놀이에 등장하는 인형. 팔, 다
  리를 꿰어 아래에서 줄을 당겨 움직인다.
** 뜸치: 청양군 비봉면 사점리 사점저수지의 동쪽 300m 정도에
  있는 몇 집 마을.

지난 계절

지난 이별이 보고 싶다
좁은 골목 네가 바래다주던 짧은 시간
경험하지 않아도 되는 시간이 되었다
생각보다 빠르게 흐른 긴 시간 뒤에
너는 가장 따스한 계절이었다
너 없는 봄을 기억할 수 없겠지만
네가 지고 난 지금 회상만 채워진다

같이 걸을 때 사각거리는
운동장 모래 소리가 좋았다
가난한 연인이라 걷기만 했다고
괜찮냐 묻는 떨리던 목소리가 좋았다

비를 맞는 사람에겐 우산보다

옆에 있는 누군가가 필요한 것

울고 있는 사람에겐

손수건보다

기대어 울 수 있는 가슴이 필요한 것

이제는 구분되는 화려함으로 공간이 차서

세상의 가림막이 풀린 공간에 덩그러니

마치 네가 주고 간 이질적인 선물처럼

노을 6曲

노을의 붉은 물결이 멈춤 없이 변하는 순간
마음을 녹여 내려 장엄미사를 드리는 듯한데
그날의 노을은 찬란하여 슬퍼지게 한다
서 있는 혼자가 노을에 물들어 노을이 되고
혼자 서서 불타고 있다
하루의 제물을 바치고 있다

붉게 흐르는 하늘은 돌아오지 못하는 자의 울음
서럽게, 서럽게 울어 그리 붉은 것이다

흐름을 다 비워 내고 침묵으로 가는 들녘처럼
가장 붉은 황홀을 지나 빛을 잃어 가다가
저녁이 깊어지면 잊힐까 서러워 다시 붉게 운다

노을이 채색된 언덕 위 성모상 앞에 머리 숙인

다리 저는 노인이 옹얼거리는 기도는

멀리 온 길을 돌아보며 붉게 익어 가고 있다

노을이 질 무렵 황혼이 솟대를 세운다

산길

하늘 얕은 날
떠나는 길 뒤로 남겨진
혀끝에서 설컹거리는 당신
볼에 걸친 햇살이 찔렸나
바르르 떨리는 눈꺼풀

머리 푸름한 사미니 서 있는
하늘이 감춘 피안으로 가는 길로
빈 패각 같은 가슴이 빨려 들어가자
캄캄한 물빛의 산이 소리 지른다

멈춰 선 하루가 빈 무덤처럼 앉아 있다

갑옷에 숨어 침묵을 밀어내던 움푹한 눈동자

별리는 과일의 씨앗처럼 존재하는 것

멀리 있어야 아름다운 것이어서

누가 때린 것이 아니어도

밤하늘엔 서러운 별이 많다

천마봉 이별

비에 젖은 아침이 마치 새색시 걸음이듯
눈치를 챌까 조심스레 눈을 들지 못하고
등만 보여도 그저 앞에 계시면 족할 텐데
냉랭한 외면이 서러워 입술을 깨뭅니다

천마봉* 저녁놀의 잔불이 아직 살아 있는데
당신이 떠나겠다고, 나를 떠나겠다 하시니
아직 조금밖에 주지 못한 사랑이 아파서
하늘을 향한 원망이 되레 마음을 찌릅니다

누굴 탓하리오, 첫 만남을 외면하지 못한 것을
누굴 탓하리오, 그저 님만 좋다고 좇은 것을
누굴 탓하리오, 님만 바라본 잘못인 것을
퍼붓는 빗줄기에는 우산도 쓸모가 없더이다

차라리 그를 잊게 해 달라 하늘에 바라지만
속에 댓바람 서걱대면 곳간에 들일 것 없다고
그러나 눈물의 짠기는 나이 따라 변하는 것
물 흐르는 대로 바람 부는 대로 따라가자고
서러움도 삶의 본분이니 그냥 그렇게 살자고

21. 8. 16.

* 천마봉: 청양군 화성면 매산리 높이 422.1m의 산. 남쪽으로
는 백월산으로 연결되고 북쪽은 여주재로 뻗는다.

여름날의 이별 회상

종일 햇살의 폭력에 하늘도 지치고
해 넘을 때까지 구석에 숨었다가
골 따라 계절이 덮인 길을 걸으면
간절한 기도를 걸음마다 내려놓고
바삭한 그 여름의 기억을 물에 적시면
차츰 당신의 냄새가 기억납니다

다 이루지 못한 사랑이 아니라
모두 다 주지 못한 사랑이어서
그래서 떠나신 것일까 후회됩니다
누구나 사랑할 수 있겠지만
아무나 사랑할 수 있는 게 아니듯
누구나 이별할 수 있겠지만
아무나 이별할 수 있지 않더이다

사랑은 헤어짐을 이미 품은 것이라고
아무것도 나눈 게 없는 마음이었다면
당신을 스쳐 갈 수 있었을까요

많은 것을 놓고 산 너머에서 온 그날부터
인연을 맺지 말라는 말씀이 맞더이다

21. 10. 4.

괜찮아, 괜찮아 2

공간의 침묵에 다 지워졌다고 생각했는데
남당항 사진 세 장에 깨져 버렸다
마치 광대의 복수처럼
안에 갇혔던 비웃음이 흘러나와
하나, 둘 꺼지는 가로등이 그 울림인 듯
새벽 공간은 침묵하는데 너는 더 또렷해지고
괜찮아, 괜찮아

가끔 길을 걷다가 같이 갔던 곳이 보이면
잘 지내고 있다고 생각할게
보고 싶어지는 목소리가
발자국처럼 다가오는 새벽
잘 지내 줘서 고마워
짧은 인연이 거기까지였다면
내게 왔다 가서 고마워
괜찮아, 괜찮아

헤픈 날

안개 짙게 내려앉은 개똥밭*
선뜻선뜻 안개비, 님이 희롱하듯
가슴속에 단풍 들겠네

맑은 새소리 공간에 수놓고
텅 빈 거미줄에 달린 물방울
심장 속에 단풍 들겠네

붉게 물든 자색깻잎 한 장이
님의 웃음소리 내는 듯하고
오신다 했던 날, 오늘이던가
온몸 속에 단풍 들겠네

* 개똥밭: 청양군 비봉면 사점리 마을로 들어가는 언덕 입구 오
른쪽 산비탈의 거친 땅. 전국에서 유일한 지명이다.

3부

그의 날을
한 다발로 묶어

가을, 그의 형상

백월산에 달이 뜨면
해 뜨고 비 오고 바람이 불면
삶에 그냥 흘려보냈던 후회가 돋는데

감나무에 가을빛이 차곡차곡 쌓이고
흩어지는 바람엔 가을이 묻어 있다

몇 줄 글에 존재하던 오래전의 사람
낙엽이 진다고 가을이 깊어지는 건 아니다
그가 없다면 가을은 깊어지지 않는다
그리움이 없다면 가을은 짙어지지 않는다

가을빛을 닮은 그는
가을의 형상으로 존재한다

간월암* 월출

간월암에 달이 뜨면, 시월의 달이 뜨면
별이 지는데, 별이 빛을 잃는데

간월암에 달 뜨면 티 없는 하늘 펼쳐지고
달빛 스민 그의 미소 나타나겠네
파도마다 은가루 바다에 뿌려
바다는 달빛을 머금고 몽땅 큰 달이 되고

간월암에 달 뜨면 바다엔 온통 은빛 너울
달 뜨면 오시겠다 말하시고서
달빛에 취해 잊으셨을까
달이 되어 버린 그대는 웃기만 하고

* 간월암: 충남 서산시 부석면 간월도리에 있는 작은 암자. 조
  선 초 무학대사가 창건하였다.

가슴 아림 7

가을 풀 마르는 냄새 성기게 짜이는 가철미* 들판
가철미 동산 뒤로 그리움이 반쯤 숨어 기웃대는데
당신이 가 버린 날이어서 바람이 불어 가니
바람에 흔들리던 꽃잎 하나 떨어지고
그리워질 때마다 꽃잎 하나 흐르고
꽃잎처럼 열리던 추억은 꽃잎처럼 말을 잃어 간다

냉정한 달빛에 풀벌레 서러워 우는 밤
기억들은 조각조각 부서져 남지도 않겠네
천천히 타자의 시선처럼 돌아보는 기억
혼자 가슴앓이보다 망각이 좋을 텐데
눈물 떨군 자리마다 시린 별이 하나씩 뜬다

그래요, 그립다 그립다고 앓다 죽더라도

그래요, 이름을 부르며 슬퍼하지 말아요

그래요, 기억이 사라지면 이름도 없어지니

* 가철미 : 담안뜸 서쪽 건너 넓은 평야 가운데 높이 15m 정도의
작은 동산. 평야 가운데 볼록 솟아 마치 까치알 같은 산이란
뜻으로 '까치알뫼'라 불리다가 '까칠뫼', '가칠뫼', '가칠미' 등
의 음운변화를 한 것으로 추정된다.

가을이 오면

해 질 녘 어느 순간 섬광이 스치면
나에게 물어볼 이야기가 있다
속에 뭐가 담겼냐 물을 것이다

떠나지 않는 것이 없는 상실의 계절
익숙했던 얼굴들은 하나, 둘 흐려지고
태양도 때가 되면 지듯 모두 흩어지니

청춘은 깃발 펄럭이던 회상일 뿐
아직 젊음이 있다는 것은 착각이더라도
젊음만 아름다운 것은 아니다
모두 비움으로 채워지는 아름다움

가을은 아름다워야 한다
배낭 속에 남은 것을 털어 버리듯
가을은 마지막 내려놓아야 할 몫이다

가을의 인생은 색을 입고 비움이 채워지고
가을이 아름다워 두려움을 견딜 수 있다
가을이 아름다워 인생이 아름답다

지천명

머리 탈색되면 사이 어딘가
우울증으로 빠져들 즈음
겨울비에 얇은 마음 바다를 본다

사리 기다려 파도가 선 긋는 듯
삭지 못한 말들이 어지러이 경계에 서서
아직도 등짐 지고 하늘을 본다

오십의 모습 보고 싶어 거울 앞에 서면
하룻길 먼저 기다리는 흰 머리카락
거울에는 맑은 젊은이가 있었다

지천명을 넘으면 찾는 이 없어

어느덧 서쪽을 바라보는 나이

그런 나이에도 설렘은 있다

삶의 욕심이 거미줄로 엉켜 올 때

간결함이 하나하나 허물어진다

나이 오십이면 슬프지 않아도 좋을 나이

쓸쓸함을 알아 혼자인 밤을 두려워하지 않는다

알아도 한숨짓지 않을

빈손보다 더 빈 가슴을 가진다

내소사 가는 길

떨어지는 해에 바쁜 개양할미*가
적벽 끝에 걸린 햇살줄 건드려
풀어내려 물결에 담근다

눈시울 벌겋게 달아 있는 변산반도 자락
무한정 길어지는 돌아가는 길 위에
황천으로 흘러가는 무리를 따라
등짐 진 영혼 하나 걷고 있다

걸어온 길을 두루마리 휴지로 둘둘 말아
배낭에 넣어 전어구이집 평상에 내려놓으니
내소사 가는 길은 우수수 노을이 떨어지고 있다

늦은 햇살에 천천히 늙어지는 일주문 단청

가슴에 남은 생의 자국 꽃살문으로 피어

여섯 잎 보상화 얇게 그림자 비치고

탱화보살의 눈을 보며 걸으면

나를 따라오시는 보살님의 눈동자

한 가지 소원을 이뤄 준다 했다

보이는 것 말고 보이지 않는 나를 달라 했다

삶과 죽음이 여기서 나왔으나

이곳에는 삶도 죽음도 없다

번뇌는 일다 삭는 불꽃같이 속절없이 아름답다

* 개양할미: 부안 변산의 바다 신으로 서해 바다를 걸어 다니며
   치맛자락에 흙을 담아 바다에 부어 섬을 만들기도 하고 어부
   들을 보호하기도 하는 거신(巨神)이다.

성묘

뜬 몸으로 가도
힘들긴 마찬가지인걸
못 가도 가야지
네 발로 기어오르는
어미의 웃음에는
울음이 스며 있다

죽은 자의 눈물은
너무 빨리 마르고
간 곳을 좇는 눈길은
자꾸 느려진다

못 가도 가야지
주저앉은 어미는 긴 숨 내쉬고
좀 기다리다 같이 가지 그랬소

장래의 꿈

꿈이 뭐냐고?

귀여운 할멈과

귀여운 아들과

귀여운 딸과

귀여운 손자들이

가끔 나를 찾는 것

가을장마

옛사람이 그리우면 철이 드는 것이라고
문득 옛날을 기억하라 보채는 가을비에
희미하지만 아직 남아 있는 이정표 따라
얇은 추억은 남은 흔적을 찾으려 애쓴다
엄마가 가신 길은 달마중 떠나신 에움길
아버지 가신 길은 학당리 아리고개* 길

세차게 가을장맛비가 뿌리는 읍내 장날
우산으로 비를 받아도 가슴으로 안긴다
차라리 세상에 끄덕이며 빗속으로 드니
가을비는 날 내려놓으라는 죽비라는데
세차게 내리치는 죽비에 더 심란해진다
차라리 소나기 한 사발을 들이키고프다

잃어버렸던 기억에 대한 회상이 뜨고
옛 시간을 찾아 안고 애틋이 바라보면
한참 지나니 속 응어리가 씻겨 흐르며
다시 풀꽃이 피고 작은 생명이 태어나
봄의 꽃 피는 정원이 될 거라 속삭인다
오늘 나를 쫓아 끝없이 내리는 가을비

21. 9. 13.

---

* 아리고개: 청양읍 학당리 청양경찰서 앞쪽에 있는 얕은 고개.
비봉면, 예산, 홍성으로 연결된 고개로, 학당리의 아리는 전
해 오는 옛말로 자리, 갈이, 속임수를 뜻하는 '아리'의 뜻에서
사랑하는 임을 기다리는 고개에서 비롯된 것으로 추정할 수
있다. 또 '아름답다'의 어원이 '아리'인데 파생어 '아리땁다'가
'아름답다'로 이어졌을 가능성도 있다.

느닷없는 사랑에 대하여

느닷없이 마음을 유혹하는 향기가
갑자기 은골 골바람에서 느껴지면
모르는 체 사랑한다고 말하십시오
당신이 사랑이다, 행복하다 하세요
이 기회는 여러 번 오지 않습니다

어떤 이가 안에 들 때 사랑하세요
그가 영 마음에 가득 차지 않아도
그냥 한 번 더 보아 주고 웃어 주고
한 번 더 눈길을 건네고 끄덕이고
한 번 더 같이 길을 걷고 발맞추고

그러다가 갑자기 툭 전기가 통하면
한 번 더 손을 잡아 주고 감싸 쥐고
한 번 더 예쁜 말 건네고 미소 짓고
한 번 더 꼭 안아 주고 쓰다듬으면
그러면 예뻐지는 마법이 일어나니

이 하늘을 같이 올려 볼 수 있고
저 바다를 같이 바라볼 수 있고
이 순간, 같이 있는 지금이
빛나고 소중한 시간이 되리니
가장 빛나는 사랑이 보일 것입니다

23. 9. 20.

23 고추구기자축제* 풍물놀이

깽깽 머릿속 찌르는 꽹과리 소리의 시작
공격의 소리가 아니라 격려의 부추김이니
차근차근 다듬어지며 울림으로 합쳤다가
누리로 퍼졌다가 다시 하나로 감아 돌다가
어화둥둥 하늘이여 이 신명 어이 다 담나

온몸 칭칭 매여 있는 색과 색의 업보인가
붉은 끈, 푸른 끈, 노란 끈, 검은, 하얀 끈
붉은 기쁨을, 푸른 생명을, 노란 풍요를,
검은 고요함에 하얀 정화를 온통 뿌리며
섞여 녹아들어 번지고 가운데로 돌고 돌아
우주의 빛을 띠어 빛나기 시작하도다

나는 이미 녹아들어 온 누리에 있으니
휘도는 공간이 퍼져 하늘의 빛이 울고
쾅쾅 떠는 북의 가죽이 부활하여 울고
심장 두드리는 강한 진동이 땅을 치고
그래, 시작도 끝도 없이 무한의 혼으로

무아의 일체를 이 땅에 이끄는 것이니
이 매듭은 자도 아니고 타도 아니고
몸을 뒤흔들어 온 우주와 하나가 된다

23. 9. 21.

---

* 고추구기자축제: 24회라는 긴 역사를 가진 청양군의 축제. 매
  년 8월 말에서 9월 초에 열린다.

담안뜸 달밤

가남들*은 가을걷이로 텅 비어
빈 공간은 품을 것도 없고
창백한 얼굴을 드러낸 달이
은밀히 나를 바라보면
문득 당신이 보입니다

얇은 달빛이 성기게 흘러들어
옥담안** 양철지붕에 내려앉아 떨고
가느란 달빛에 얽혀 붙었던 시선이
마른기침에 약하게 흔들리면
문득 당신이 보입니다

담안뜸 할아범 기침은 잦아드는데

읍내 요양원에 홀로 있는 할멈

거친 숨소리 가남들 건너와 건드리니

어찌할 도리 없는 자신이 미워질 때

문득 당신이 보입니다

---

* 가남들: 청양군 비봉면 사점리 서쪽, 록평리 남쪽, 강정리 동
  쪽의 넓은 논밭. 주변에 열두 마을이 있으며 그 마을들을 열
  두가남, 가남이라고 한다.

** 옥담안: 록평1리 옛날에 감옥이 있던 집.

엄마를 생각함

무릎이 아픈 날은 엄마가 보고 싶다
엄마 무릎으로 온 가을
아침마다 뚜둑 울며 일어나고
기와 조각 무릎에 시린 바람이 분다
자식들이 갉아먹은 오지게 아픈 다리
가물거리는 아들 이름 부르고
틀니 다 보이도록 웃으며
이만치 도려냈으면 좋겠어야

엄마는 눈이 하나밖에 없어서 나만 바라보고
빈터만 보면 자식을 심었다
내 몫은 가슴에 담긴 산 하나
엄마는 그리움으로 낸 길을 따라와
내 안에서 고향이 된다

가을 산

갈망골 산마루에 노을이 흘러오는 길로
비장한 마음이듯 천천히 걸어가는데
나무들은 따라올 계절을 위해 풍요를 내어 주고
텅 빈 속을 터뜨려 붉게 물듦으로 완성을 꿈꾸고 있다
핏빛 절규를 다독여 아름다운 상실로 완성하는 것

엄마의 여윈 모습이 앙상한 가을 산에 겹친다
다 내어 주는 엄마나 산이나
다 내어 주고도 남아 있는 조바심
다 내어 주는 것이어서 아름다운데
세상이 아프고, 삶이 아프더라도
내어 주는 가을 산처럼, 엄마처럼

사점지*의 가을비

비봉산 자락에 비안개가 흐르는 이틀째에
가을비 내리는 사점지 둘레 새벽을 걸으면
속은 신내림 칼춤 추듯, 바다 너울처럼 출렁
그리워하면서 못 만나는 한 명은 있겠지요
비가 예쁘게 온다고, 그리워하는 것 같다고

가을비는 젖비, 젖비는 아기 솜털처럼 앉고
마릿들** 자분자분 스며들어 깊숙이 적시고
추억의 색은 가을비에 흠뻑 젖은 꽃무릇
안개비처럼 날리던 기억이 빗방울이 되어
낮은 안개 피는 사점지에 동그라미 그리고
촉촉하게 빗줄기에 몸을 맡긴 물가 풀잎들
건드리는 빗방울을 외면하듯 몸을 비틀죠

이틀간 추적거린 가을비는 별리의 비이고
나무들이 말랐던 낙엽은 빗물이 스며들고
마른 잎이 젖자 무거워진 몸이 힘겨웠을까
나무 건드리는 살랑이는 바람도 못 버티고
눈을 감더니 슬그머니 손을 놓아 버리더이다

나무는 예쁜 단풍으로 끝내고 싶었을 텐데
나뭇잎의 일생은 그리 쉬운 사건이 아니라고
헤어짐은 눈물의 미학이라고, 그런 것이죠

23. 11. 22.

* 사점지: 청양군 비봉면 사점리 103번지에 위치한 저수지. 관
  산천을 이루고 예당호로 흐르며 주변 농지에 물을 공급하고
  있다.
** 마릿들: 농업용수의 공급이 원활하지 않았던 거친 논과 밭을
  마릿들이라 불렀다.

가을 이별

창문을 닫아도 계절은 오고
가을걷이 준비하는 순리의 계절
헤어짐이 조금 익숙해진 때
그래도 잠에 들지 못하는 새벽

빗물이 눈물인 게지
그의 모습이 빗물에 씻겨 흘러가길
다 씻기면 나를 안아 줄 수 있으련만
이젠 그랬으면 좋겠네

그의 날을 한 다발로 묶어
벽에 걸어 놓을 수 있다면
바라봄을 습관으로 하다가
가을에는 놓아도 괜찮을 테니
차츰 외면할 수 있으련만
이젠 그랬으면 좋겠네

가을빛 고운 날 부루니고개*에서

이젠 끈을 놓고 하늘로 날아

별을 안고 잠이 들 수 있으면

이젠 그랬으면 좋겠네

---

* 부루니고개: 청양군 비봉면 장재리 안의 낮은 고개. 부루니는
　 몽고어의 어원으로 추정되는데 '부루'는 '흰, 하얀'의 뜻이다.
　 '부루말'을 검색하면 '흰 말의 옛말'이라고 나온다.

산구절초

감빛 햇살이 비치는 오후
바라보면 산이 가까이 오고
찻잔 뜨거운 물에 마른 꽃잎이 다시 핀다

겨울을 건너 청록으로 다가와
한 달에 하나씩, 아홉 마디 꺾어 올려
새벽이슬이 머물다 간 자리에 구절초 피었다

가을 풀은 말라 가는데 서리 내리도록 꽃 피워
바위 옆에 연분홍 꽃잎을 내다가
설렘을 숨기고 쪽빛 햇살에 하얀 수줍음으로 핀다

낮게 깔리는 저녁 안개를 머금으며
다소곳이 산 아래 길섶 누굴 기다림일까
한 줌 가을 햇살의 입맞춤이 그리워
꽃잎 하나 떨쳐 낸 날개를 길옆에 뿌린다

가을 산 구절초를 보면 종내 그리움이 된다

기다림

싸늘한 바람은 그리움의 시작
침묵이 짙어지는 겨울 숲에
기다림은 아픔으로 온다

그가 지날 길목에서
여전히 오지 않을 그를 기다린다

뒷길에 묻어 놓은 미련
기다림을 기억해 주길 바라며

기다림 하나 있어서 외롭지 않겠지
그리운 한 사람 있어도

산이 산인 것처럼 또렷이
남은 뿌리 뽑아내고 싶은데
그에게서 잊혀질 얼굴 서러워 운다

밤이 우는 소리는 기다림이어서
힘들면 기다림도 익숙해져 가는데

밤이슬 울며 떨어지는 잎
속으로 아카시아 잎을 하나씩 뗀다
그를 사랑한다, 않는다, 한다,

오늘일까 손꼽다가 원망으로 눈물 나더라도
기다림은 한 장 그림이다

미련

꽃피우는 잠시를 지나 긴 잠이 이어지듯
짧은 환희 뒤에 길게 피어오르는 그리움
지날수록 가슴에 침몰하는 그리움인데
왜 그때는 그리 보내지 못하였는지

차라리 가벼이 보낸 그리움이었으면
편안하게 흔들리는 나무처럼
달콤하게 익어 가는 그리움이 되었을 텐데

당신을 이 그리움만큼만 사랑했더라면
이 아픔만큼만 사랑했더라면
그랬더라면 좋았을걸

순간의 선택은 다른 모습을 끌고 오니
조금만 먼저 알았더라면
그랬더라면 가슴이 덜 아플까
가장 슬픈 말, 그랬더라면

가슴 아림 4

가을로 가는 길 서러워 자우룩이 능개비* 내리니
길섶 혼자 핀 들꽃은 서러운 모양으로 서 있고
근거 없었던 사랑의 흥분이 아직 또렷한데
지우기도 두기도 뭣한 의미 잃은 사진뿐이어서
사진첩에서 버티는 모습을 보며 서러워졌소

도망칠 데도 없게 몰아치는 속말에 몸부림치다가
사진 속 싸늘한 표정에 아파 차마 서러워
냉정한 한 마디에 아파 차마 서러워
당신 곁에서 한 걸음 물러섭니다

다하지 못한 지키지 못한 사랑이라고
끝까지 버텨야 할 이유를 잃어버렸고
아무것도 아닌 것이라 변명하지만
지난 벙어리 삶이 서러워 그렁그렁하듯
안개 없은 달빛에 묻힌 소쩍새가 서럽습니다

* 능개비: 안개비보다는 조금 굵고 이슬비보다는 조금 가는 비.

4부

그리운 사람을 꺼내
눈 속에 뿌린다

인간의 지향

약속이 취소되어 돌아오는 걸음처럼
새재 모퉁이에 앉아 멀리 무한천* 보니
어찌어찌 돌고 돌아 이제껏 온 삶이
해탈보다 집착이 더 인간적이어서
내려놓지 못하고 보내지 못했을까

인생을 어떻게 산다는 해답은 멀고
뿌리 내리고, 가지 내고, 잎 피우고
내면의 변화로 이어질 것이란 위로

인생 백 년에 고락이 반반씩이라며
자신을 위로하는 것도 애착이려니
답은 결국 가까이 나의 속에 있고
타인의 삶의 궤적과 교차점에 있다

문명은 발달했어도 지성은 실패이니
집단지성은 욕망의 벽을 넘지 못한다
부끄러움은 신이 준 최고의 도구이니
우리는 부끄러워해야 함이 급한 일이다

지금까지는 서툰 걸음이었다 해도
자아가 온전해지려 함을 생각한다면
진리는 어떤 시련도 겁내지 않는다고
무한천 물은 스스로 묵묵히 그러하듯
곧 인간이 진리에 다가가길 기도한다

22. 9. 26.

---

* 무한천: 청양군 화성면 산정리에 있는 백월산 북쪽 계곡에서
  발원해 대흥면 서남부에서 예당저수지를 이루며, 삽교천과
  합류한 후 아산만에 흘러든다.

새벽 여우재*

낯선 꿈에 놀라 새벽에 나선 길에는
여우재 옛길이 달빛에 취해 있으리니
잔잔히 반짝거리는 길바닥을 만진다
순진하던 얼굴이 요염하게 타오르고
달빛이 처마 밑에 머물다 가는 새벽
은하 그 전설 속에 별들이 반짝인다

다른 고향에 서서 눈을 헤는 겨울밤
세상 품은 아름 달이 창틈으로 드니
차가운 새벽 공기를 들이마시면
알싸함이 온몸 퍼지니 부르르 떨며
어떤 꿈이었나 자꾸 또 생각하는 때
작은 가슴에 작은 물방울이 맺힌다

마음 착한 사람은 밤하늘 별이 되니
힘 잃는 가로등에 기대 하늘을 보며
듬성한 별 찾아 시린 마음을 달래면
추억 하나 별이 되고 또 하나 되고
그리움 하나 별 되고 또 하나 되고

가슴속에 차곡히 숨겨 담는 속 별이
가난한 마음 부끄러워 숨죽여 있는데
여우재 잔 어둠이 한 겹씩 벗겨지면
하늘 대신 좁은 마음속에서 숨 쉰다

24. 1. 3.

---

* 여우재: 청양읍 장승리에서 화성면 신정리로 넘어가는 고개.
대청1로 뚫리기 전의 옛 고갯길.

인생

종이가 작은데
글씨는 작아질 줄 몰라
몇 자 적으니 가득 찬다

종일 눈 내리는 날

습관처럼 기다리는 눈
수묵화 속에 서 있다

눈 속에 집들은 순하게 엎드려 있고
세상이 무채색으로 가라앉자
그리운 사람을 꺼내 눈 속에 뿌린다

종일 눈 내리는 날엔
마음속에 물이 되어 흐르는 사람이 있다

기억이 부서져 내려 쌓이는 날이어서
눈을 종일 맞는다

쉬지 않고 눈이 내리는 날은 전설이 떠오르고
나이 든 세월에게 눈 내리는 날은 그립다

겨울 하늘

자고 난 땅에 하얀 김 올리더니
나락 베어 낸 무논에 살얼음 끼고
먼 산등에 젖어 걸린 기억이 소절씩 얼어붙는다

부산하던 하늘의 축제는 막을 내리고
칼바람 꼬리가 골목을 휘감아
아직도 숨차게 오는 겨울 자락에서
낙엽처럼 날개를 흔들며 도망가는 바람

하늘은 쫓기는 도망자의 은신처
물기 없앤 겨울 하늘 속을 걷는데
낯선 자리에 일어서는 소리는 유리 빛으로 울고
떠돌던 눈 부스러기가 날카로이 꺾여 솟구쳐
빙어 비늘처럼 반짝 눈 속으로 파고든다
나를 지켜보던 기억의 눈은 낡은 노래 부른다

머릿속 꺼내지 못한 말은 바람 타고 흩어지고

남아있는 몇 마디는 성에로 남겨지고

가슴속 엎드려 신음하던 찬 공기가 부스스 일어난다

겨울 하늘을 받치고 서 있는 벌거벗은 나무들

눈꽃 핀 나뭇가지 사이로 보이는 겨울 하늘은

그냥 하늘빛보다 파랗다

2023 대백제전* 출정식

정체 모르는 웅장함이 뭉클거리고
소 울음 같은 쇠가죽 대북의 떨림
쾅쾅 가슴을 부르르 흔들어 대고
심장의 피가 콱콱 솟구쳐 퍼지고
창끝으로 핏기 올라 붉게 빛난다

결사의 오천 창병의 결기의 눈빛
선두에 부릅뜬 장수의 붉은 눈빛
불끈 튀어나온 혈관이 꿈틀거리고
칼자루 움킨 아귀에 힘이 솟는다

내 피 이 흙으로 돌아가도 좋으니
내 가족 지키고 내 고향 지키리라
백제의 아들아, 신성한 이 땅을 위해
시퍼렇게 날이 선 칼을 뽑아라!
백제의 아비여 성결한 이 땅을 위해
날카롭게 벼른 창을 앞으로 겨누라!

백제의 숨결이 아직 남아 있는 강토
백제여, 천오백 년의 잠에서 깨라!
이제 힘차게 발을 들어 땅을 차고
전군의 대오는 강한 바위가 되어
두려움을 힘차게 밟으며 진군하라!

23. 11. 1.

---

* 대백제전: 공주시와 부여군에서 2023년 9월 23일부터 10월 9
일까지 진행된 〈대백제, 세계와 통하다〉라는 부제의 축제. 19
일의 장기간 프로그램 중에 출정식 재현이 있었다.

별이 내려오다

별이 어떻게 생기냐고 물으신다면
사랑이 떠날 때마다 하나씩 생긴다고
당신이 떠나신 후 별이 하나 생겼다고
당신 별은 어디에 있을까 한참을 찾는데
밤새 고아하던 별빛이 흐려지더니
새벽 당신 머리에 하얀 면사포 덮입니다

양 볼 연지가 발그레 빛나며 드러날 때
새 탄생의 막이 온몸을 하얗게 덮을 즈음
당신은 먼 길을 눈송이 뒤에 숨어 오신 듯
어디인가 당신을 찾고자 창가에 서도
먹빛의 공간에 깊어지는 눈 오는 밤의 정적
가로등 아래 서성이던 내 그림자도 묻힙니다

새의 울음

노래는 편할 만하니 부르는 거요
포기하든 아니면 만족하든
그래야 노래 부르는 거요
쫓길 땐 노래 안 불러요
둘 중 하나죠
나뭇가지에 앉든, 잡히든
노래이거나 비명이거나

새재 넘어오는 사랑

새재 넘으려 바람 기웃대기 시작할 때면
가을로 떠나는 여행은 또 시작될 것이고
과거의 이별이 그리움을 끌고 설렁거리니

그러면 한 사람은 이제 만날 수가 없고
그러면 한 사람은 이제 만나면 안 되고
그러면 한 사람은 이미 떠나간 것이지요

그와의 밀당이 내 속에서 일어난 것이라
그를 부정함은 나를 부정하는 것이어서
한참 버리지 못하고 그리 움켜쥐었던 것
아마 먼 날까지 버리지 못할지 모르지요

소용없다는 걸 깨닫는 순간이 오더라도
아픔만 원망할 것이 아니라 속을 보면
기억하는 것은 사랑하기 때문인 것이니
아픈 기억은 그만큼 사랑했기 때문입니다

아픈 사랑은 잘못 맞춰진 퍼즐같이 얽혀
돌릴 수 없는 역주행에 들어선 것이지요
그러면 어쩔 수 없죠, 그리 맞출 수밖에
그래서 사랑은 아프고 원망스러운 일이죠

23. 11. 8.

눈 온 아침

꿈 냄새 속에서도 움트는 아침
긴 잠 속에서도 잊지 않은 새날의 환희
햇살은 유리창에 부딪혀 사방 번지고
빛의 잔치가 터지면 온 생명들 소리 퍼지고
창밖의 모든 것이 나보다 먼저 움직인다

열리는 설렘으로 다가오는 아침, 오늘은
밤새 요동친 바람에 얼었던 하늘이 흔들려
겨울 하늘이 부서져 내린 빙곳재 마을
끝내 놓지 못한 그리움이 가루가 되어
온 땅에 하얗게 내려 쌓인 아침의 기적

빙곳재 언덕에 가만히 기대어 앉은 성당
그 앞동산에 오똑 성모님 머리에 하얀 눈
가만히 갸웃 서 계신 발아래 산새 한 마리
병아리 소리 내다가 푸드득 산속으로 간다

눈 온 날은 먼 길 걸어도 외롭지 않다

쌓인 눈을 밟으면 뽀드득 소리 내고

비질하여 밀어 놓고 눈 온 마을을 묵상하니

모두 그분의 뜻으로 조건 없이 내려온 것

밥 먹고, 걷고, 말하는 모든 일상이

영원과 연결된 상징으로 전해지는 아침

잠든 새벽에 그분만의 사랑이 시작되었다

23. 12. 27.

겨울 아리재* 상념

하늘에 세밀화 그려지는 풍경 속에
햇발 길어지고 묵음의 바람이 불면
눈뜨고 먼저 달려오는 해맑은 얼굴
숲속에 자리 튼 겨울을 툭 만났다
오래 담아 두었던 님의 얼굴이었다

바짝 말라 가벼워진 바람이 흐르면
새벽에 오는 시린 마음은 깊어지고
겨울엔 작은 것에도 이야기가 담겨
옛 고개의 전설을 찬 바람이 담았다
천 년 전의 이야기 지금도 흐른다

고개를 넘는 처진 어깨의 방랑자가
마음속에 남아 있는 만큼 올랐다가
고된 몸을 끌고 절룩이며 넘어가면
고갯길을 넘는 님의 사연이라 한다
사연은 아프게 천년을 흐르고 있다

세월은 쉼 없이 아리재를 넘어가고
해는 고개를 백 번 넘고 넘어 뜨니
백 번 산고 끝에 아이를 품에 안고
너를 안고 집으로 돌아가리라 한다
천 년 전 환영은 아직 고개에 있다

고개 너머로 차마 딛지 못했던 아비
돌아오겠다는 약속 천 년이 지났고
영 마를 것 같지 않았던 속눈물이
겨울 햇살에 끈끈히 조금씩 마른다

24. 1. 17.

* 아리재: 청양읍 학당리 아리고개. 중요한 교통로로 삼국 시대
  에는 문명의 유입이 서해안을 통해 이곳을 거쳐 동쪽으로 퍼
  졌다.

눈 오는 것은 기적이다

빙현골 어깨에 쌓인 눈에 쓴 이름
첫눈에 새겨진 이름은 고귀하니
눈이 오면 손 모으고 기도하리다
순수한 꽃눈이 가슴을 두드릴 때
부드러이 고운 노래가 퍼져나니
그리움에서 돋은 연민을 다독이며
흘러오는 영혼의 노래 감아든다

눈 오는 날엔 모든 것이 기적이니
포근한 사랑 이야기로 차는 하늘
뺨에 닿아 묻는 감미로운 입맞춤
순수한 빛으로 가득 찬 하늘이여
당신을 만나려 바람이 온 길 따라
순백한 영혼을 가만히 따라가노니
호흡과 호흡 사이 고요가 깃들며
비로소 빛 속에 들면서 깨닫는다

눈 오는 근원은 신의 자리이어서
탄생을 바라보면 그 이전의 원초
원초의 신비는 불변, 절대이려니
고개를 들어 하늘 위를 바라보면
순수한 인식의 순간을 만나리니
거기는 옳고 그름을 넘어서는 곳
바람처럼 자유로운 신이 서 있다

24. 1. 24.

눈 오니 님 오시려나

숙취에 사라진 어젯밤의 기억처럼
열정은 소리 없이 부서져 흩어졌고
가슴에 끓던 희열이 식은 동굴에서
모처럼 마주하는 하얀 눈에 설레어
동굴 속에 숨어 있던 나를 유혹한다

눈이 오니 그대도 곧 오실 듯한데
눈 오는 밤 내내 그대는 뵈질 않아
막대기로 끄적였던 얼굴이 떨리고
이가 부딪혀서 깨지도록 떨다 보면
따뜻했던 봄 기억에 울고 싶어진다

창밖에 가지마다 흰 꽃이 피었는데
한 가지 골라 꺾어 님께 보내고저
님이 보고 나면녹은들 상관없으니

오지 않으시면 찾아가려 맘먹는데
고운 님이 가신 곳을 어찌 찾을꼬

긴 눈이 오려고 두근두근했나 보다
눈 오면 그대가 은골에 오고 싶다고
눈 내리는 날은 여행하겠다 했으니
창밖에 눈 오니 은골 오실 건가요
그래도 눈은 오고 또 올 것입니다

22. 1. 17.

함박눈의 밤

눈 오는 소리는 여인의 걸음 소리 같아
소리 없이, 살포시, 흰 순결의 마음으로
눈 오는 밤에는 먼 데서 오신 님에 닿아
엄마 가슴에 안기고 싶은 아기처럼 되어
잠 보채는 아기 달래다 지친 심사 되어

장승골 굽은 길 따라 몇 걸음 다가서면
님의 잠투정 달래듯, 저린 속 덮어 주고
깨어 있는 눈 오는 밤, 간질거리는 순간
아름다워서 가슴이 아려 눈물 나는 시간

눈 내리는 밤은 눈을 헤는 밤이 됩니다

매일 저녁때마다 찾아오는 땅거미처럼
애늙은이의 일상이 심드렁히 쌓이는데
옹이 깊어진 손을 펴고 눈송이 받으니
눈송이가 느릿느릿 앉아 녹아 스며들고
가난한 피로가 조금씩 눈꺼풀을 당기고

함박눈 쏟아지면 하늘로 심상이 올라가
문득 예정되지 않았던 여행을 떠납니다
그날의 새벽 추억이 눈송이에 어우르고
평범한 서로를 특별한 존재로 변화시켜
세상 무엇보다 반짝이는 그 순간이려니

아! 오늘 우리에게 특별한 눈이 옵니다

24. 2. 7.

149

겨울밤 눈 오는 마을

시침마다 이름 붙이느라 밤이 다 지나면
그대 생각이 새벽 능개처럼 공간에 차고
그러다 눈물 흐르듯 눈송이가 흐릅니다

그믐 조금 앞둔 밤하늘에 가득한 눈송이
밤사이 눈송이 하나마다 그대를 심습니다

첫 번째 눈송이는 보고 싶은 그대이고요
두 번째 눈송이는 안고 싶은 그대입니다

하얀 눈꽃 한 송이가 가녀리게 피어나면
포근한 가슴으로 뜨겁게 안을 수 있기를

숨은골*은 자는 것 같지만 사실 깨어 있고
눈 속에 고만고만 가만히 있는 마을에서
예쁜 얼굴 하나 눈이 감길 때까지 품지요

새까만 하늘에 하나, 둘 붙이는 눈송이를
손가락 하나, 둘 짚어 헤는 겨울밤입니다

22. 2. 14.

---

* 숨은골: 숨어 있듯 깊이 위치한 계곡. 청양군 비봉면 관산리
  에 은골이 있는데, 숨은골로도 불린다.

겨울비

얼음조차 얼지 못하는 겨울 갈증으로
목말라 목젖마저 서걱거리는데
창밖 하늘은 회색으로 덮이다가
수많은 기억, 방울로 길게 흐른다

마른 잎은 비 맞아 몇 번은 떨어졌을 텐데
겹유리창도 아닌 방
달력 한 장, 비 때리면 떨어질 줄 알았더니
흑백 사진으로 얼어붙은 기억
기억이 길게 흐를수록 비가 깊이 스며들고
숨었던 상처를 보면
차갑고 아픈 것이 사랑이다

알몸으로 내리는 비
겨울비의 차가움은 떠나는 것에 대한 미련
이별의 뒷덜미에 있는 가시에 찔려 곪았다
목소리는 비에 젖어 내려앉고
술에 취해 거리를 나서면
스치는 연인들의 속삭임이 허공에 흩어질 때
젖은 마음은 골목 벽 잊힌 낙서처럼 운다

발밑에 흐르는 빗물을 밟는 그의 얼굴
또 되살아나 다시 밟아도 뭉그러지지 않는다
이제 기억을 저편으로 밀어 두려 하지만
얼어붙은 듯 발은 움직이기를 거부하고
얼음처럼 식은 너를 안으려는 노래가 흐른다

가을이 남겨 둔 젖은 풀잎들이 얇은 빛을 낸다
입동이 지난 어느 밤에 겨울비 온다

헤어지다 1

가자, 가자 하는데
네 발길 어디 닿을까
가슴에 박힌 이 가시는
몇 년 지나야 녹을까

새벽 사랑

새벽 창문에 별이 박혔다
하얀 의미는 사랑빛
나 누워 별빛 먹기
아이처럼 사랑 놀이하다

사랑 이야기 한 잎
꿈속 만삭의 사랑
곤곤한 하얀 물결로 와
하늘의 순수가 환생하는 새벽
너를 삼키다
꿈인 게 사랑이지

눈밭 발자국처럼 기억은 깊게 남고
포근해 보여 잡으면
차가움만 가득해지는 사랑이라지
말없이 쌓이고 녹아 사라지는

기억의 강

오랜 오늘을 지나 남은 울림 속에
그리움으로 물든 새벽이 푸르게 떨고
모르게 감춘 마음이 흐르는 강이 되었다

느린 강물에 흐르는 기도는 잔물결이 되고
그렇게 흘러가는 길에 돌부리 만나도
굳이 넘으려 하지 않는다
편히 돌을 안으며 돌아가는 것
그래, 안다 돌고 만지는 습성을

너도 나도 이렇게 가고 있으니
대충 어딘가로 가고 있다
얼음 밑으로 흐르고 있다

열정이 손톱만큼 남은 삶의 강에서
소리 없이 갈라져 흐르는 몇 줄 기억
긴말 전하지 않아도 물살로 알아듣는
강은 많은 기억을 가지고 있다

몇 해쯤 만나지 못해도 밤잠이 어렵지 않은 강
물이 되어 흐르는 그대가 보고 싶다
저뭇하면 종종걸음 오는, 본 적 없는 그대

강의 소리 아름다운 흐름이 되어
님을 향한 선율이 흐를 때
강가에 하얀 말뚝 되어 묶어 놓으려니
강물 따라 삶과 계절이 흐름이니

가난한 이별

삶이 눈 어두워 보지 못하다가
늦은 밤, 색바랜 사진첩 안에 스미다

님 얼굴 먼 산에 걸쳐 있고
한 걸음 건너면 만질 수 있는데
그 한 걸음이 천 길 만 길

내뱉는 언어가 소리 없는 노래 되고
끝없이 텅 빈 글이 되고
빈 글을 뒤따라 들어오는 아픔이라
정신을 잃어야 황홀한 슬픔은 그칠 것

훔쳐본 그의 눈이 빙글거린다
눈 감으면 보이지 않으려나 했는데
감으면 오히려 또렷하게 다가오니
눈을 떠도 아니면 감아도
보이는 그리움에 힘이 더 빠져
목소리는 물기 젖어 스며 오고
꿈속마저 찾아와 귀엣말한다

가슴에 이별을 담아 두기로 하고
벙어리로 돌아서던 날 기억에
끝없이 흐르는 눈물로
가난한 잠자리 적신다

이월의 록펑리

늦겨울 이월은 소심해지는 시절
비 묻어 온 바람에 골짜기가 움츠리고
예부터 숨어 있던 이야기가 드러난다
바람 부는 날 갈망골로 갔던 아이는
말로는 힘든 신비에 입을 다물었다

마치 아무 시작도 없을 듯 침묵하지만
늦겨울은 종일 비에 삭아 내리고
바람이 그렇게 부니 혼돈은 시작되어
잃어버린 신비를 찾아 몽우리 진다
낯선 시간이 필요하다

겨울 숨 오르는 무논 뒤 가라앉은 산
산은 바람에 덮였고 골짜기 깊이 안개
바람이 드세게 흐르는 이월의 록평리
겨울의 비와 바람은 매몰이 아니다
웅크리고 꽃몽아리* 품은 것이다

* 꽃몽아리: '꽃망울'의 경남 방언.

봄인지 아닌지

겨울과 봄의 경계에 멈춘 지금
뽀얀 광목을 펼친 듯 누리를 가리고
어제 푸석하던 눈발이 봄이었다
그렇다, 다랭이길에 봄이 내렸다
3월의 갈망골엔 겨울과 봄이 섞여 있다

반복된 계절에 사연이 켜켜이 쌓여 가고
봄은 밤새 비밀스럽게 뒤란에 내려왔다
밤에 은밀하게 내려놓은 봄의 기적
그 사소한 순간을 기억함은 축복이다
찬 기운이 옅어지는 아침
3월은 봄이기도 아니기도 하다

나가는 글

인간의 삶에는
때로 환희와 편안함,
즐거움을 지나기도 하지만

인간의 한계는
인간을 슬프게 하고, 우울하게 하고,
주저앉게 하기도 한다.

그러나 가슴 아림, 단장의 아픔, 울음, 절규 속에서
한 단계 성숙하는 기적을 얻기도 한다.

숱한 감정의 아픔이나 눈물을 겪어 내며
오히려 보듬고 다듬어 빛나는 보석처럼
승화의 결실로 닦자고 하는 위로의 변이다.

행복한 감정뿐 아니라

슬픈, 아픈, 고통스러운 감정마저

받아들이자고 권하고 싶다.

2024년 10월